Pour une Évangélisation Efficace

Désiré Oulaï

Tous droits réservés. Toute reproduction, même partielle, du contenu, de la couverture ou des icônes de cette œuvre, par quelque procédé que ce soit (électronique, photocopie, bande magnétique ou autre) est interdite sans l'autorisation écrite de l'Auteur ou de ses ayants sauf pour l'utilisation de quelques citations pour des besoins d'analyses dans des revues, des magazines, des livres, etc.

Le Code de la propriété intellectuelle interdit les copies ou reproductions destinées à une utilisation collective. Toute représentation ou reproduction intégrale ou partielle faite par quelque procédé que ce soit, sans le consentement de l'Auteur ou de ses ayants cause est illicite et constitue une contrefaçon sanctionnée par le code de la propriété intellectuelle.

© 2023, Désiré Oulaï
desire.oulai@gmail.com

SAXEL Éditions

ISBN: 9798392859047

A Dieu, la source de tout!

A tous ceux qui ont soif de voir le réveil tant annoncé!

Au pasteur Mohammed Sanogo, un amoureux de l'évangélisation dont les enseignements inspirent plusieurs sections de ce livre!

Bonjour cher(e) ami(e),

Je me nomme Désiré Oulaï, évangéliste à Messages de Vie, pasteur des églises Vases d'honneur et professionnel résidant au Canada.

En 2020, pendant la pandémie, mon pasteur, le pasteur Mohammed Sanogo nous a fait part d'une newsletter dont le thème était "Prépare toi" (https://mohammedsanogo.org/prepare-toi/). Elle était basée sur *Esaïe 54: 2 « Élargis l'espace de ta tente ; qu'on déploie les couvertures de ta demeure : ne retiens pas ! Allonge tes cordages et affermis tes pieux ! Car tu te répandras à droite et à gauche ; Ta postérité envahira des nations et peuplera des villes désertes »*.

Cette newsletter nous encourageait à nous préparer pour toutes les grandes choses que Dieu veut accomplir au travers de nous. Et nous savons tous que la grande moisson est la mission ultime que Dieu nous a confiée. En lisant cette newsletter, j'ai compris que les ouvriers de cette grande moisson avaient besoin de se préparer. Il nous arrive trop souvent de répondre à un appel sans demander au Saint-Esprit de nous équiper. Il nous arrive aussi de poser des actions par zèle, mais sans préparation. J'ai souvent vu des jeunes évangéliser pendant un temps, puis se refroidir...Dans *Esaïe 54:2*, il est dit de déployer tes couvertures, ce qui réfère à une responsabilité face à la vision ou la mission que Dieu te donne. La première responsabilité que tu as est de te former adéquatement pour réaliser la mission. Et c'est la raison principale de ce livre, nous équiper pour la grande moisson.

Au travers de ce livre, vous serez conduit pour votre préparation personnelle mais vous recevrez aussi des indications sur ce qui permet d'avoir une évangélisation efficace. Nous sommes dans la grande moisson. La "récolte" doit être abondante.

Table des matières

INTRODUCTION
1. Rappel de la mission et de ses objectifs — 12
2. Les avantages de l'évangélisation — 21
3. Les champs sont déjà blancs — 26

BLOC 1: la personne de l'évangéliste
4. L'âme de l'évangéliste — 31
5. L'évangéliste et l'église — 45
6. Le service et la discipline — 46

BLOC 2: Catalyseurs de l'évangélisation
7. Ce qui attire les âmes — 50
8. Évangélisation semences et moisson — 67
9. Le combat spirituel — 76
10. Le parler en langue "universel" — 83

BLOC 3: Vidéos et aspects pratiques
11. Capsules vidéos — 89
12. L'arsenal de l'évangélisation — 92

13. Allez! — 116

Introduction

1. Rappel de la mission et des objectifs

Après avoir accompli sa mission sur terre, après avoir supporté le supplice de la croix et être ressuscité, le Seigneur est apparu à plusieurs de ses disciples. Les trois ans et demi de ministère les avaient déjà grandement marqués par les enseignements révolutionnaires et libérateurs face à la loi mais aussi par la puissance, les miracles, les délivrances et les guérisons extraordinaires. Ces faits suffisaient déjà à démontrer aux disciples la position spirituelle exceptionnelle de Jésus, mais celui-ci est allé encore plus loin en ressuscitant lui-même des morts et en leur apparaissant vivant à plusieurs reprises. Vous pouvez imaginer l'état d'esprit des disciples: non seulement les paroles et enseignements de Jésus jusqu'à sa mort prenaient plus de poids, mais ce qu'il allait dire après sa résurrection captiverait encore plus leur attention.

Et à la fin de ces moments marquants, Jésus va donner une "recommandation" qui fait figure de dernière volonté avant son enlèvement. Cette "recommandation" se retrouve dans *Matthieu 28: 19* **"Allez, faites** *de toutes les* **nations** *des* **disciples***, les* **baptisant** *au nom du Père, du Fils et du Saint Esprit,* **20** *et* **enseignez-leur** *à observer tout ce que je vous ai prescrit. Et voici,* **je suis avec vous** *tous les jours, jusqu'à la fin du monde."*

Quelle puissante recommandation qui en fait est un ordre de mission pour continuer et étendre le travail impressionnant fait par Jésus. Comment pourrions-nous déclarer aimer Jésus sans faire sa volonté et particulièrement la dernière qu'il nous a confiée? Comment pourrions-nous vivre notre Chrétienté sans comprendre et mettre en application cet ordre de mission. Ne pas l'appliquer nous ramènerait à être hors de la mission divine qui nous est confiée. Certainement que chacun de nous aborde différemment la mission mais nous devons nous efforcer de nous déployer de sorte que le Seigneur Jésus puisse voir que nous nous préoccupons de ce qui le préoccupe: l'évangélisation des âmes.

Dans le reste de ce chapitre, nous allons décortiquer

cette mission pour mieux la comprendre et voir comment nous mettre en action. **Premièrement, l'objectif ultime de l'évangélisation est de sauver des âmes en les amenant à connaître et croire en Jésus-Christ par l'Église.** Jésus dont le nom veut dire sauveur, déclare dans *Marc 16:16 "Celui qui croira et qui sera baptisé sera sauvé, mais celui qui ne croira pas sera condamné"*

Mathieu 28:19 nous donne des pistes intéressantes ***Matthieu 28:19-20** 19 Allez, faites de toutes les nations des disciples, les baptisant au nom du Père, du Fils et du Saint Esprit, 20 et enseignez-leur à observer tout ce que je vous ai prescrit. Et voici, je suis avec vous tous les jours, jusqu'à la fin du monde.*

Décortiquons ce passage

Allez (*Poreuomai* en *Grec*) veut dire poursuivre le voyage qui a été commencé, continuer son voyage. Le Seigneur nous demande donc de **nous**

mettre en mouvement, d'avancer vers les cibles décrites tout **en continuant ce qui a été commencé par Jésus-Christ** lui-même et selon son modèle d'évangélisation. Il ne s'agit pas de suivre notre modèle mais de s'inspirer de lui tout en apportant de la contextualisation liée à notre époque mais qui ne s'écarte pas des principes du Seigneur. En étudiant le modèle de Jésus, nous trouverons des approches novatrices remplies de puissance.

Faites revient à poser des actions qui visent à transformer les personnes évangélisées et à leur faire porter du fruit. **Soyons intentionnels et** développons des stratégies pour atteindre nos objectifs. Rappelons-nous que l'évangélisation a pour but de convaincre les personnes que Jésus est le Seigneur et le Sauveur et qu'elles doivent lui donner leur vie. Elle n'est pas simplement un transfert d'informations. Notre objectif est de mener les gens à la conversion et nos stratégies doivent intégrer des appels à la conversion et nous permettre d'évaluer la sincérité des conversions. Bien sûr, ce n'est pas nous qui convertissons les gens, mais la puissance du Saint-Esprit.

Nations fait référence aux cibles que Jésus nous indique. Nations ou *ethnos* en grec, désigne tout groupe ethnique, culturel ou professionnel. Toutes les nations sont nos cibles. De ce fait, le Seigneur peut nous positionner dans n'importe quelle groupe ethnique ou pays pour que nous en soyons la lumière. Les membres de nos corps de métiers sont aussi une cible car ils représentent un *ethnos*. En tant que membre du même *ethnos*, nous aurons probablement plus de facilité à prêcher la bonne nouvelle à nos pairs. Je vous recommande fortement le livre du Pasteur Mohammed Sanogo sur "Les 12 portes d'influence d'une nation". Vous y trouverez une description approfondie du concept des ethnos ainsi que des stratégies pour pouvoir les atteindre.

Disciples : il faut savoir que pour faire un disciple

de Christ, il faut en être un soi-même. *Définition de disciple : Personne qui reçoit l'enseignement d'un maître (suit son exemple), fait partie de son école ; élève.* Le disciple n'est pas celui qui conduit sa vie selon sa volonté, mais celui qui se laisse impacter et conduire par son maître.

Où en est-on dans notre discipolat? Que ce ne soit pas un frein à notre évangélisation mais que nous travaillions jour et nuit à devenir de meilleurs disciples.

Être disciple implique une certaine connaissance de Christ. Notre évangélisation doit être basée sur notre connaissance biblique pour qu'elle ne dévie pas en chemin.

Posons-nous la question de savoir pourquoi les gens veulent devenir disciples? Parce qu'ils pensent retirer quelque chose du maître. Il nous faut donc dans notre évangélisation montrer premièrement ce que Jésus apporte lorsqu'on devient son disciple à savoir, le Salut, la Paix, la Joie, la Santé, la Délivrance, le succès divin… Actes 10:38 en est une illustration.

Actes 10 : 38 *vous savez comment Dieu a oint du Saint-Esprit et de force Jésus de Nazareth, qui allait de lieu en lieu **faisant du bien et guérissant** tous ceux qui étaient sous l'empire du diable, car Dieu était avec lui.*

Nous pouvons donc voir ici que l'évangélisation ne s'arrête pas à la conversion, mais à la création de condition pour qu'une discipline spirituelle soit instaurée chez la personne qu'on évangélise (disciple implique discipline). Et le disciple ne se forme pas dans la rue. Il se forme dans une école, dans une maison. Et cette école, c'est l'église dont nous parlerons un peu plus loin. **Le ministère d'évangélisation et l'église doivent travailler main dans la main.**

Baptisant : le passage par les eaux du baptême est un des objectifs de l'évangélisation. Nous devons garder en tête que nous devons contribuer à amener les gens à prendre une décision de baptême. Ce n'est pas nécessairement lors des premiers contacts et, souvent, cela se fait plus tard lorsque les personnes sont membres d'une église. Si vous n'êtes pas habilité à baptiser, référer les nouveaux convertis aux serviteurs appropriés.

Le baptême nécessite l'identification à la mort et à la résurrection de Jésus et dans votre approche, il peut être nécessaire de démontrer ce qu'implique la mort de Jésus pour nous et quels en sont les bénéfices.

Enseignez-leur : l'enseignement est important. L'évangélisation est basée sur l'enseignement de l'évangile. Il faut soi-même connaître les principes bibliques car ils seront le fondement de votre évangélisation. Attention, nous ne devenons pas nécessairement leurs pasteurs. Dieu peut vous positionner comme gagneur d'âme et laisser le rôle pastoral à un autre serviteur. L'évangéliste doit intégrer que dans le processus de conversion, la personne en face de vous doit être enseignée et qu'il faut donc la conduire dans une église. **Le gagneur d'âme doit donc comprendre le**

mystère de l'église. C'est l'Église qui sera enlevée et qui connaîtra le salut. C'est l'Église qui est l'épouse de Christ. Évangéliser sans ce lien fort à l'église ne nous permet pas d'être optimaux dans la grande moisson.

Je suis avec vous: Jésus nous donne l'assurance que nous n'évangélisons pas seul. Nous devons donc avoir de l'assurance en allant évangéliser et savoir que les œuvres des ténèbres ne tiendront pas face à nous. Ce passage montre aussi que ceux qui travaillent selon cette grande mission expérimentent Jésus Christ avec eux tous les jours, aussi bien dans l'évangélisation que dans leur quotidien.

Aspects pratiques:
- Avons-nous mieux compris la mission?
- Sans perdre notre zèle de l'évangélisation, comprenons-nous la nécessité de la formation pour plus d'efficacité dans nos actions? Acceptons-nous de nous former?

- Prière par rapport aux différents points de la mission.

2. Les avantages de l'évangélisation

Avant de parler des avantages, il faut savoir que l'évangélisation permet d'être agréable à Dieu car c'est la manifestation de l'obéissance à la dernière recommandation de Jésus. Abordons maintenant plusieurs avantages de l'évangélisation:

Manifester l'amour de Dieu et rechercher l'unité
*Matthieu 22:37 Jésus lui répondit: Tu aimeras le Seigneur, ton Dieu, de tout ton cœur, de toute ton âme, et de toute ta pensée. **38** C'est le premier et le plus grand commandement. **39** Et voici le second, qui lui est semblable: **Tu aimeras ton prochain comme toi-même**....*
Si tu aimes ton prochain, tu dois vouloir son salut et tu dois évangéliser. **L'évangélisation repose sur l'amour et l'unité.** Jésus a dit dans ***Jean 13.35*** *: À ceci tous connaîtront que vous êtes mes*

disciples, si vous avez de l'amour les uns pour les autres. Dans le même sens, il a prié pour que ses disciples soient en unité selon **Jean 17.20-21**: *afin que tous soient un, comme toi, Père, tu es en moi, et comme je suis en toi, afin qu'eux aussi soient un en nous, pour que le monde croie que tu m'as envoyé.* Jésus dit donc que l'amour que nous nous portons les uns aux autres dans l'Église est la preuve que nous sommes réellement convertis. Et lorsque nous sommes unis dans l'Église, nous montrons au monde que Jésus est le Fils de Dieu.

L'amour confirme donc notre état de disciple tandis que l'unité confirme le caractère divin de Christ.

Avoir la victoire

*Ap12.11 Ils l'ont vaincu à cause du sang de l'agneau et à cause de la **parole de leur témoignage**, et ils n'ont pas aimé leur vie jusqu'à craindre la mort.* Évangéliser, c'est témoigner de Jésus, ce qui contribue à nous donner la victoire.

Avoir une récompense éternelle

*Jean 4 :36 Celui qui moissonne reçoit un salaire, et amasse des **fruits pour la vie éternelle**, afin que celui qui sème et celui qui moissonne se réjouissent ensemble….*

La moisson ici réfère aussi à la grande moisson d'âmes de l'évangélisation. Ce passage nous indique qu'évangéliser nous permet d'avoir des fruits pour la vie éternelle. Par contre, si on a honte de Jésus et qu'on ne témoigne pas de lui, Jésus ne nous reconnaîtra pas et nous n'accèderons pas à ces récompenses.

Marc 8 : 38 Car quiconque aura honte de moi et de mes paroles au milieu de cette génération adultère et pécheresse, le Fils de l'homme aura aussi honte de lui, quand il viendra dans la gloire de son Père, avec les saints anges.

Avoir de beaux pieds

*Ésaïe 52.7 7 Qu'ils sont **beaux** sur les **montagnes**, Les pieds de celui qui apporte de bonnes nouvelles, Qui publie la paix! De celui qui apporte de bonnes nouvelles, Qui publie le salut!*

De celui qui dit à Sion: ton Dieu règne!

Ce verset fait un parallèle entre l'annonce de l'évangile et l'état voire la position de nos pieds. En effet, le pied est l'élément qui nous sert à nous déplacer et à posséder des territoires. De beaux pieds te permettent donc d'avancer sur le chemin de ta destinée. Par ailleurs, l'évangélisation te positionne sur les montagnes, montagnes voulant dire dans les hauteurs, à proximité de Dieu. Aller à la montagne est aussi synonyme de prière, ce qui veut dire que lorsqu'un gagneur d'âme prie, il se retrouve dans les hauteurs spirituelles, dans une position de proximité avec Dieu. Ce dernier a aussi un éclat supérieur à quelqu'un qui prie sans évangéliser.

Chaussure du zèle de l'évangile :
Eph 6.15 mettez pour chaussure à vos pieds le zèle que donne l'Evangile de paix;
Jean 13:8 ...8 Pierre lui dit: Non, jamais tu ne me laveras les pieds. Jésus lui répondit: Si je ne te

*lave, tu n'auras point de part avec moi. **9** Simon Pierre lui dit: Seigneur, non seulement les pieds, mais encore les mains et la tête.* ***10*** *Jésus lui dit: Celui qui est lavé n'a besoin que de se laver les pieds pour être entièrement pur;*

L'évangélisation est donc liée aux pieds qui permettent de se déplacer et ceux qui évangélisent acquièrent des chaussures spéciales. Et comme nous le savons, les chaussures servent à protéger les pieds, dont Jésus dit qu'il ne suffit qu'ils soient lavés pour que nous soyons totalement purs. Cet épisode où Jésus lave les pieds aborde le 2eme niveau de sanctification car il parle de quelqu'un qui est déjà lavé mais doit encore se laver les pieds. Au milieu de leur attachement au Christ, il y a un point de faiblesse qui se situe au niveau des pieds. Cela démontre l'importance d'avoir les outils de protection des pieds afin que ceux-ci ne se salissent pas et que nous demeurions purs.

En nous appuyant sur l'enseignement du pasteur Mohammed, mentionnons que depuis la chute

d'Adam et Eve, nous sommes constamment menacés de "morsure" aux pieds par le "serpent".
Gen 3.*15 Je mettrai inimitié entre toi et la femme, entre ta postérité et sa postérité: celle-ci t'écrasera la tête, et tu lui blesseras le talon.*
Toutefois, Dieu nous a donné l'autorité de lui écraser la tête et la chaussure du zèle de l'évangile nous équipe totalement pour cela. Un Chrétien qui évangélise se trouve en position de force pour écraser la tête de ses ennemis. Vous le ferez pour vos défis personnels et pour tous ceux à qui vous parlez de Christ.

En terminant cette section, avez-vous saisi les quelques avantages de l'évangélisation cités plus haut? Comprenez-vous que si on n'est pas en mouvement pour les âmes, on n'est pas agréables au Seigneur et on se prive de plusieurs bénédictions?

3. Les champs sont déjà blancs

*Jean 4 : **35** Ne dites-vous pas qu'il y a encore quatre mois jusqu'à la moisson? Voici, je vous le dis, levez les yeux, et regardez les champs qui déjà blanchissent pour la moisson.*

*Rom 8 : **19** Aussi la création attend-elle avec un ardent désir la révélation des fils de Dieu.*

*Matthieu 9 : **37** Alors il dit à ses disciples : La moisson est grande, mais il y a peu d'ouvriers. **38** Priez donc le maître de la moisson d'envoyer des ouvriers dans sa moisson.*

Ces passages bibliques nous démontrent que la moisson est mûre et abondante. Plus encore, cette moisson soupire après la manifestation des moissonneurs que nous sommes. Des milliers de personnes attendent, souvent même sans le savoir, que les fils et filles de Dieu que nous sommes leur apportent la bonne nouvelle. Plusieurs ont une soif qu'ils n'arrivent pas à qualifier ou canaliser. Pourtant, elle se nomme Jésus.

Au Canada, vous remarquez au sein de la jeunesse

une soif qui les mène à s'attacher à toutes sortes de mouvements spirituels. La vidéo suivante vous montre l'étendue de la "misère" et des besoins des gens.

 https://www.facebook.com/197798846956714/videos/544332496340835

On y retrouve des statistiques sur la détresse des gens. Toutes ces personnes touchées par ces fléaux ou vivant dans le péché ont besoin de Dieu, même celles qui sont agressives quand on se rapproche d'elles. Elles ont besoin de Dieu car la raison de la misère humaine est la perte de communion avec la gloire de Dieu.

Romains 3 : 23-24 [23] Car tous ont péché et sont privés de la gloire de Dieu; [24] et ils sont gratuitement justifiés par sa grâce, par le moyen de la rédemption qui est en Jésus-Christ.

Il est donc primordial que nous évangélisions pour faire connaître au monde l'amplitude de l'amour de Dieu, qui ne fait acception de personne! Évangéliser, c'est mettre l'amour de Dieu en marche et permettre qu'il soit répandu dans plusieurs vies.

Éphésiens 3:14-19 14 A cause de cela, je fléchis les genoux devant le Père, 15 duquel tire son nom toute famille dans les cieux et sur la terre, 16 afin qu'il vous donne, selon la richesse de sa gloire, d'être puissamment fortifiés par son Esprit dans l'homme intérieur, 17 en sorte que Christ habite dans vos coeurs par la foi; afin qu'étant enracinés et fondés dans l'amour, 18 vous puissiez comprendre avec tous les saints quelle est la largeur, la longueur, la profondeur et la hauteur, 19 et connaître l'amour de Christ, qui surpasse toute connaissance, en sorte que vous soyez remplis jusqu'à toute la plénitude de Dieu.

Prions pour les âmes qui soupirent!

BLOC 1:
La personne de l'évangéliste

4. L'âme de l'évangéliste

L'évangéliste dont le but est de sauver des âmes ne doit pas oublier ou négliger la sienne. Je dirais même que l'âme de l'évangéliste est plus importante que les âmes sauvées car si les évangélistes perdaient leur salut, la grande moisson ne pourrait se faire. À quoi sert-il de gagner le monde si on devait perdre notre âme?

Marc 8 : *36 Et que sert-il à un homme de gagner tout le monde, s'il perd son âme? 37 Que donnerait un homme en échange de son âme? 38 Car quiconque aura honte de moi et de mes paroles au milieu de cette génération adultère et pécheresse, le Fils de l'homme aura aussi honte de lui, quand il viendra dans la gloire de son Père, avec les saints anges.*

Très souvent, les évangélistes ont un zèle pour aller chercher les âmes mais négligent leur propre vie spirituelle. Pour illustrer cela, je vous montrerais le lien entre la bonne nouvelle (appelée aussi "Message de vie" car son objectif est d'apporter la vie) et le vase d'honneur que nous devons être selon **2 Timothée 2** *…20 Dans une grande maison, il n'y a pas seulement des vases d'or et d'argent, mais il y en a aussi de bois et de terre; les uns sont des vases d'honneur, et les autres sont d'un usage vil.*

Pour transmettre un message de vie, il faut le transporter dans un vase. Si le vase est vil, il altérera le message. Si c'est un vase d'honneur, le message sera conservé pur jusqu'à sa transmission à ceux qui en ont besoin. L'état de l'âme de l'évangéliste impacte donc le message qu'il transmet. A l'opposé, si un vase d'honneur ne sert pas à transporter un message de vie et à le livrer aux personnes qui doivent être impactées, ce vase devient juste décoratif mais perd de son utilité. Or pour être un vase d'honneur, il faut prendre soin de son âme et cela se fait au travers de l'église. Si on est un membre assidu de l'église mais qu'on ne gagne pas d'autres âmes, nous perdons notre utilité dans le royaume de Dieu. Faisons attention à toutes les "bonnes raisons" qui nous éloignent de notre mission, l'évangélisation. Nous devons prioriser l'état de nos âmes pour être efficace dans cette mission.

Points essentiels
- ➤ **Relation personnelle avec le Seigneur**
  - o Assurance du salut

***Matthieu 7 : 21-23** Ceux qui me disent : Seigneur, Seigneur ! n'entreront pas tous dans le royaume des cieux, mais celui-là seul qui fait la volonté de mon Père qui est dans les cieux. 22 Plusieurs me diront en ce jour-là : Seigneur, Seigneur, n'avons-nous pas prophétisé par ton nom ? N'avons-nous pas chassé des démons par ton nom ? Et n'avons-nous pas fait beaucoup de miracles par ton nom ? 23 Alors je leur dirai ouvertement : **Je ne vous ai jamais connus, retirez-vous de moi, vous qui commettez l'iniquité**.*

Ce ne sont pas tous ceux qui disent Seigneur qui seront sauvés. Ce n'est pas parce que nous sortons évangéliser que nous serons sauvés. Si l'iniquité, le péché demeure dans nos vies, ce ne sera pas le cas. Alors, nous devons être sincères devant le Seigneur et exposer nos vies pour qu'Il nous guérisse. Nous devons pouvoir aller voir nos pasteurs, nos responsables pour demander de l'aide face à des situations de péché, surtout si elles sont récurrentes. La grâce de Dieu existe pour nous pardonner et nous laver mais il ne faut pas laisser des situations de péchés être des portes ouvertes et entâcher notre témoignage.

Nous avons vu dans la section sur les avantages de l'évangélisation que les chaussures du zèle de l'évangile nous protègent des attaques de l'ennemi.

Dans l'armure du Chrétien, on parle des chaussures du zèle de l'évangile.

Ephésien 6: 13 C'est pourquoi, prenez toutes les armes de Dieu, afin de pouvoir résister dans le mauvais jour, et tenir ferme après avoir tout surmonté. 14 Tenez donc ferme: ayez à vos reins la vérité pour ceinture; revêtez la cuirasse de la justice; **15 mettez pour chaussure à vos pieds le zèle que** *donne l'Évangile de paix;* **16** *prenez par-dessus tout cela le bouclier de la foi, avec lequel vous pourrez éteindre tous les traits enflammés du malin;* **17** *prenez aussi le casque du salut, et l'épée de l'Esprit, qui est la parole de Dieu.*

L'évangélisation est donc liée aux pieds qui permettent de se déplacer. Or la notion de chaussures parle de protection du pied. Toujours parlant de pieds, Jésus a dû laver les pieds de ses disciples.

Jean 13: 3 Jésus, qui savait que le Père avait remis toutes choses entre ses mains, qu'il était venu de Dieu, et qu'il s'en allait à Dieu, 4 se leva de table, ôta ses vêtements, et prit un linge, dont il se ceignit. **5 Ensuite il versa de l'eau dans un bassin, et il se mit à laver les pieds des disciples, et à les essuyer avec le linge dont il était ceint.** *6 Il vint donc à Simon Pierre ; et Pierre lui dit : Toi, Seigneur, tu me laves les pieds !*
7 Jésus lui répondit : Ce que je fais, tu ne le comprends pas maintenant, mais tu le

comprendras bientôt. 8 Pierre lui dit : Non, jamais tu ne me laveras les pieds. Jésus lui répondit : **Si je ne te lave, tu n'auras point de part avec moi.** *9 Simon Pierre lui dit : Seigneur, non seulement les pieds, mais encore les mains et la tête. 10 Jésus lui dit : Celui qui est lavé n'a besoin que de se laver les pieds pour être entièrement pur ; et vous êtes purs, mais non pas tous.*

En fait, Jésus a lavé leurs pieds parce qu'au milieu de leur attachement au Christ, il y a un point de faiblesse, les pieds, qui doit être purifié. C'est un deuxième niveau de sanctification. En genèse, il est dit,

Genèse 3: 14 L'Éternel Dieu dit au serpent : Puisque tu as fait cela, tu seras maudit entre tout le bétail et entre tous les animaux des champs, tu marcheras sur ton ventre, et tu mangeras de la poussière tous les jours de ta vie.

15 Je mettrai inimitié entre toi et la femme, entre ta postérité et sa postérité : celle-ci t'écrasera la tête, et ***tu lui blesseras le talon.***

Comme le dit Genèse 3:14, chaque fois que nous écrasons la tête du serpent, il y a risque d'être mordu au talon. Alors c'est d'autant plus important quand on veut évangéliser d'exposer nos challenges à Dieu et à nos responsables spirituels pour que cela ne constitue pas une cible pour l'ennemi. Si on est sincère avec Dieu, il nous délivre et continue de nous utiliser.

- o   Vie de prières et de méditation

Jésus lui-même était en communication constante avec Dieu par la prière. Il faisait ce qu'il a vu son père faire. Dieu parle lorsqu'on le prie

Jean 5: 19 Jésus reprit donc la parole, et leur dit : En vérité, en vérité, je vous le dis, **le Fils ne peut rien faire de lui-même, il ne fait que ce qu'il voit faire au Père** *; et tout ce que le Père fait, le Fils aussi le fait pareillement.*

Jésus nous demande aussi de demeurer. Cela requiert la méditation de la parole et la prière à partir de cette parole. Il y a une distinction à faire entre prier pour l'évangélisation et la vie de prière de l'évangéliste. L'évangéliste doit développer une vie de prière équilibrée avec pour objectif premier d'être en communion avec Dieu et de lui être agréable. Il doit aussi pouvoir présenter divers sujets à Dieu, allant de sa vie personnelle aux besoins de sa famille, de son assemblée et de son entourage.

- En progression dans son intimité avec le Seigneur

Je trouve ce point très important. Avec les années dans le Seigneur, on peut avoir l'impression qu'une stagnation se fait ou au contraire croire que nous sommes TTS (Très Très Spirituel). La vie chrétienne est une recherche constante de la révélation du Seigneur Jésus au travers de laquelle nous passons de la dimension d'enfant de Dieu à épouse de Christ.
Cela doit être manifesté par une soif constante de plus de présence de Dieu

Jean 7:37 Le dernier jour, le grand jour de la fête, Jésus, se tenant debout, s'écria: Si quelqu'un a soif, qu'il vienne à moi, et qu'il boive.

Si tu n'as toi même pas soif de Dieu, tu ne pourras pas identifier ou transmettre cette soif aux autres. Si tu n'as pas soif de Dieu, tu ne pourras identifier la soif chez ceux que tu rencontres. Si tu n'as pas constamment soif de Jésus, tu peux te déconnecter de Dieu et ton ministère prendra un coup.

> **Le brisement intérieur**

On parle de brisement intérieur lorsque le "moi" n'est plus dominant, lorsqu'on arrive à renoncer à ce qui fait notre fierté et à nos plans pour s'aligner aux plans et aux intérêts de Dieu. Bien sûr Dieu veut que nous ayons une volonté et des projets mais il faut être capable de les soumettre à la volonté du Seigneur.

Le "moi" est souvent un obstacle à la manifestation de Dieu au travers de nous. À la rencontre d'une personne qui a laissé le brisement intérieur se produire, le Saint-Esprit peut se manifester pleinement parce qu'il rencontre le caractère de Christ qui a lui-même été brisé. Cela permet à l'amour de Dieu de transparaître au travers de nous et de toucher les gens que nous rencontrons.

Philippiens 2: 5 *Ayez en vous les sentiments qui étaient en Jésus Christ,* **6** *lequel, existant en forme de Dieu, n'a point regardé comme une proie à arracher d'être égal avec Dieu,* **7** *mais s'est* **dépouillé lui-même,** *en prenant une forme de serviteur, en devenant semblable aux hommes; et ayant paru comme un simple homme,* **8** *il s'est* **humilié lui-même***, se rendant obéissant jusqu'à la mort, même jusqu'à la mort de la croix.* **9** *C'est pourquoi aussi Dieu l'a souverainement élevé, et lui a donné le nom qui est au-dessus de tout nom,* **10** *afin qu'au nom de Jésus tout genou fléchisse dans les cieux, sur la terre et sous la terre,* **11** *et que toute langue confesse que Jésus Christ est Seigneur, à la gloire de Dieu le Père.*

> **Être restauré et guéri des blessures intérieures**

Jésus a dit dans le livre de Luc 4:18 L'Esprit du Seigneur est sur moi, Parce qu'il m'a oint pour annoncer une bonne nouvelle aux pauvres ; Il m'a envoyé pour **guérir ceux qui ont le cœur brisé***, ...*

Guérir ceux qui ont le cœur brisé est une des premières actions du ministère de Jésus. Si nous n'avons pas expérimenté nous-même la guérison, nous ne saurons pas en parler. Pire encore, nos blessures intérieures vont teinter notre façon de présenter la bonne nouvelle. Si nous rencontrons quelqu'un qui a été victime de trahison et que nous même n'avons pas été guéri de la trahison, nous aurons du mal à lui communiquer la guérison de Jésus et à prier pour le cœur de cette personne. Quelqu'un qui, par exemple, n'a pas été guéri des abus de sa jeunesse et qui pense qu'il faut être dur et intransigeant pour survivre, transmettra la même attitude dans son évangélisation et dans son suivi des âmes.

> **Motivation de notre évangélisation**

Qu'est-ce qui motive réellement nos actions? Être vu? Un effet de mode? Ou la volonté réelle de s'occuper des affaires de notre Père? Nous devons avoir les mêmes motivations que Jésus, à savoir les besoins de la foule. Je vous invite à consulter ce lien:

https://www.facebook.com/197798846956714/videos/194370291494309

Alors, soyons ému par le besoin de la foule et non par notre propre Gloire.

> ➢ Avoir une autorité à laquelle on est soumis

*Jean 8: 12-14 12 Jésus leur parla de nouveau, et dit : Je suis la lumière du monde ; celui qui me suit ne marchera pas dans les ténèbres, mais il aura la lumière de la vie. 13 Là-dessus, les pharisiens lui dirent : Tu rends témoignage de toi-même ; ton témoignage n'est pas vrai. 14 Jésus leur répondit : Quoique je rende témoignage de moi-même, **mon témoignage est vrai**, car **je sais d'où je suis venu et où je vais** ; mais vous, vous ne savez d'où je viens ni où je vais.*

Le témoignage de Jésus est vrai parce qu'il sait d'où il vient et où il va. Jésus a des repères et nous aussi, nous devons en avoir. Savoir d'où on vient est vraiment important pour s'orienter, c'est une borne. Malheureusement, trop de jeunes évangélistes opèrent sans autorité spirituelle. En règle générale, Dieu nous soumet à quelqu'un qui peut redresser notre vie en cas d'impair, c'est fondamental. Il arrive aussi que certaines personnes vont prendre le titre d'évangélistes pour s'assurer une position ministérielle sans redevabilité à une autorité, leur permettant d'être "mobile" et très souvent insoumis. C'est une erreur.

L'autorité spirituelle est importante pour plusieurs points dont:
- couverture spirituelle et intercession, qui sera abordé au chapitre 9 sur les combats spirituels
- orientation spirituelle: une autorité sert à nous donner de l'instruction et des directives inspirées par le Seigneur. Souvenez-vous que c'est le sacrificateur Eli qui, malgré ses faiblesses, a donné des indications au prophète Samuel pour que celui-ci reçoive la parole de l'Éternel.

> **Comprendre la bonne nouvelle pour l'annoncer**

Vous aurez beaucoup de difficultés à expliquer ce que vous n'avez pas compris. Méditer la bonne nouvelle jour et nuit et prier que Dieu nous donne de la comprendre est primordial. Vous ne serez peut-être pas des docteurs de la loi, mais vous comprendrez les bases requises pour amener des âmes à Christ. De toute façon, dans l'évangélisation, il n'est pas usuel de rentrer dans les profondeurs de la doctrine pour ne pas perdre vos interlocuteurs. Néanmoins, vous devez pouvoir comprendre ces profondeurs pour les présenter de façon accessible à vos interlocuteurs. Retenez que vous avez besoin de partager ce que Jésus fait de façon concrète. Que votre intelligence de la parole soit renouvelée selon *Romains 12 :2 Ne vous conformez pas au siècle présent, mais soyez transformés par le renouvellement de l'intelligence, afin que vous discerniez quelle est la volonté de Dieu, ce qui est bon, agréable et parfait.*

Ce renouvellement de votre intelligence permettra à

votre âme d'être en bonne santé et de prospérer dans votre vie et dans l'évangélisation.

5. L'évangéliste et l'église

5.1. En général

Il faut comprendre qu'accepter Jésus ne suffit pas. Il faut demeurer en Lui et l'Église nous permet de croître et de manifester le caractère de Dieu. En tant qu'évangéliste, notre mission est d'amener les gens à la repentance et à l'assurance du salut. Or, la bible dit que Jésus revient chercher son épouse, l'Église. Jésus ne revient pas pour toi et moi de façon individuelle mais pour nous qui représentons l'Église. Il est donc très important d'amener les gens au salut et de leur faire intégrer une église. Sachez que l'évangélisation est conçue pour faire croître l'Église et l'Église est conçue pour soutenir l'évangélisation

5.2. Par rapport à son église

L'évangéliste et son église ont donc une relation importante et primordiale. Si nous regardons le ministère de Paul qui a parcouru plusieurs villes pour prêcher Jésus, nous remarquons que Paul a été envoyé par les anciens de son église

Actes 13: 2 Pendant qu'ils servaient le Seigneur dans

leur ministère et qu'ils jeûnaient, le Saint-Esprit dit: Mettez-moi à part Barnabas et Saul pour l'œuvre à laquelle je les ai appelés. 3 Alors, après avoir jeûné et prié, ils leur imposèrent les mains, et les laissèrent partir.

On voit aussi que par ailleurs, Paul a eu une main d'association des anciens de l'église à qui il rendait compte, ce qui lui a permis d'opérer avec grâce.

Galates 2:9 *...et ayant reconnu la grâce qui m'avait été accordée, Jacques, Céphas et Jean, qui sont regardés comme des colonnes, me donnèrent, à moi et à Barnabas, la main d'association, afin que nous allassions, nous vers les païens, et eux vers les circoncis.*

Même si vous évangélisez seul dans les rues, sachez que vous devez avoir quelqu'un à qui vous rendez compte.

6. Le service et la discipline

L'évangéliste doit être un serviteur modèle dans son

assemblée. Son témoignage est sa première arme d'évangélisation.

L'évangéliste doit être discipliné et respecter les structures hiérarchiques. Jésus, le plus grand évangéliste, se soumettait à son père. Il allait voir ce que le père lui demandait de faire. Voilà pourquoi Il était si puissant; Il respectait les instructions et le modèle qui lui était donné. De même, nous devons suivre les instructions que Jésus a laissées en envoyant les disciples pour l'évangélisation et les instructions des personnes établies en autorité sur nos vies.

***

Ainsi donc s'achève ce bloc 1 qui traite de la personne de l'évangéliste. Il m'apparaissait très important de passer du temps sur la personne de l'évangéliste avant d'aborder les outils et techniques d'approche en évangélisation. Souvenez-vous que comme Isaac a apprécié le plat de lentilles apportés par Jacob et l'a béni, le plat que le Seigneur aime, ce sont les âmes que nous lui apportons. Tous ceux qui font le travail d'évangélisation sont abondamment bénis par le Père qui est dans les cieux. Jacob a obtenu une double bénédiction, la rosée du ciel et la graisse de la terre. **Genèse 27: 27-28** *Jacob s'approcha, et le baisa. Isaac sentit l'odeur de ses vêtements; puis il le bénit, et dit: Voici, l'odeur de mon fils est comme l'odeur d'un champ que l'Eternel a béni. 28 Que Dieu te donne de la rosée du ciel Et de la graisse de la terre, Du blé et du vin en abondance!* Alors, acceptez de payer le prix décrit dans les chapitres précédents afin que vous apportiez en abondance à votre Père des mets agréables.

Priez avec moi: Père, allume ce feu de l'évangélisation en moi. Par ta grâce, que je devienne un évangéliste agréable à tes yeux qui transmettra la vie pure qui vient de toi. Amen

BLOC 2:
Catalyseurs de l'évangélisation

7. Ce qui attire les âmes

La première raison de notre évangélisation est le salut de ces âmes vers qui nous allons. Ces âmes ne doivent pas être seulement sauvées sur le coup mais elles doivent conserver leur salut en faisant partie du corps de Christ, l'Église. Les âmes qu'on veut attirer servent donc à bâtir l'église. Or Jésus dit en **Math 16.18** *Et moi, je te dis que tu es Pierre, et que sur cette pierre **je bâtirai mon Église**, et que les portes du séjour des morts ne prévaudront point contre elle.*
C'est donc Christ qui attire les âmes pour bâtir Son Église. Si Christ n'est pas au centre de notre évangélisation, si on ne la fait pas selon Ses plans, nous n'aurons pas les résultats escomptés. Voici donc quelques éléments qui permettent d'attirer les âmes à Christ.

7.1. Élever Jésus et la croix

7.1.1. Présenter Jésus et son sacrifice

Il faut s'assurer de ne présenter que Jésus: la raison de sa Venue, son Amour, son Sacrifice, Sa Paix, Sa Guérison et la valeur que chaque personne a pour Jésus sont des exemples d'éléments à présenter aux personnes que vous évangélisez. Voici quelques versets le caractérisant:

Jean 3.16 Car Dieu a tant aimé le monde qu'il a donné son Fils unique, afin que quiconque croit en lui ne périsse point, mais qu'il ait la vie éternelle.

Romains 5:6 En effet, alors que nous étions encore sans force, Christ est mort pour des pécheurs au moment fixé.

Gal 3.13 13 Christ nous a rachetés de la malédiction de la loi, étant devenu malédiction pour nous — car il est écrit : Maudit est quiconque est pendu au bois, — 14 afin que la bénédiction d'Abraham eût pour les païens son accomplissement en Jésus-Christ, et que nous reçussions par la foi l'Esprit qui avait été promis.

7.1.2. Revêtir Christ

En apportant la bonne nouvelle, nous devons nous cacher en Christ afin que ce soit Christ qui paraisse et non nous, car Christ c'est la vie et c'est la vie que nous devons présenter à ceux qui sont morts. Nous reviendrons sur le témoignage personnel mais nous devons veiller strictement à ne pas prendre la place de Jésus ou amener les gens vers nous plutôt que vers Lui.

Col 3:3-4 *3 Car vous êtes morts, et votre vie est cachée avec Christ en Dieu. 4 Quand Christ, votre vie, paraîtra, alors vous paraîtrez aussi avec lui dans la gloire.*

7.1.3. Adoration

L'adoration élève le Seigneur Jésus et c'est en élevant Jésus que les âmes sont attirées. *Jean 12:32 32 Et moi, quand j'aurai été élevé de la terre, j'attirerai tous les hommes à moi.*

Dans nos prières de préparation, nous devons adorer le Christ, l'élever de tout notre cœur. En faisant ainsi, Il nous conduira dans les hauteurs nous permettant de recevoir les instructions relatives à l'évangélisation à venir. En arrivant sur le lieu de l'évangélisation, il faut encore élever le Seigneur et adorer. **L'adoration dispose l'atmosphère et fait venir la présence de Dieu.**

Comme stratégie, vous pourriez avoir un groupe d'adoration qui captive l'attention des gens tout en permettant de distiller des paroles spirituelles qui vont toucher les cœurs. Rappelons-nous que David calmait le mauvais esprit de Saul par la musique. Alors une atmosphère d'adoration peut déjà influencer les personnes qui sont en train de passer. Vous devrez cependant choisir des chants et des rythmes adaptés au contexte culturel et adaptés à la cible de l'évangélisation.

7.2. La prière de préparation et d'intercession

Nous devons prier pour que l'Esprit du Seigneur nous prépare et nous dispose à aller en évangélisation. En priant, déposez vos fardeaux personnels aux pieds de Dieu et prenez les siens. ***Matthieu 11:9** Prenez mon joug sur vous et recevez mes instructions, car je suis doux et humble de cœur; et vous trouverez du repos pour vos âmes. 30 Car mon joug est doux, et mon fardeau léger.*

Prie avec moi: Seigneur, je dépose ce qui était un fardeau pour moi à tes pieds et je veux prendre les tiens. Je voudrais prendre les tiens et particulièrement celui du salut des âmes. Que j'aie du plaisir à aller gagner des âmes! Amen

Si vous faites cette prière, vous verrez qu'évangéliser deviendra plus facile.

Avec ce fardeau, vous devez commencer à intercéder pour les âmes. Dieu dit qu'il cherche un homme qui se tienne à la brèche afin qu'il ne détruise pas le pays. *Ézéchiel 22: 30 Je cherche parmi eux un homme qui élève un mur, qui se tienne à la brèche devant moi en faveur du pays, afin que je ne le détruise pas; mais je n'en trouve point.* De même, il faut des intercesseurs qui prient pour qu'il y ait des conversions. Un bon évangéliste doit être un bon intercesseur. Les enseignements du Pasteur Mohammed Sanogo sur les prophètes intercesseurs vous aideront à devenir de meilleurs intercesseurs et à comprendre les instructions que Dieu vous donne de diverses manières.

Enfin, il faut prier aussi pour combattre spirituellement selon les révélations reçues et ce qu'on connaît de la réalité physique et spirituelle du lieu où on va évangéliser. Nous approfondirons cet aspect dans les chapitres 8 et 9.

7.3. La foi et l'assurance

Vous devez absolument croire que Dieu va passer par vous pour gagner des âmes. Ne voyez pas vos faiblesses mais voyez Jésus en vous. Ce n'est pas nous qui sauvons et convertissons les âmes mais c'est Jésus qui le fait en faisant de nous des instruments et en nous transférant Sa puissance.

Luc 10: 17 Les soixante-dix revinrent avec joie, disant : Seigneur, les démons mêmes nous sont soumis en ton nom. 18 Jésus leur dit : Je voyais Satan tomber du ciel comme un éclair. 19 Voici, je vous ai donné le pouvoir de marcher sur les serpents et les scorpions, et sur toute la puissance de l'ennemi ; et rien ne pourra vous nuire.

Alors, si Jésus est capable de faire parler un âne, Il est capable de vous donner les mots et l'onction nécessaire. Lancez-vous et vous verrez la puissance de Dieu vous accompagner. Sachez même qu'elle vous précède déjà si vous avez appliqué les points de l'adoration et de l'intercession. Pour vous aider, vous pouvez aussi décider de voir dans votre esprit les personnes que vous rencontrez comme des personnes déjà converties.

Que votre foi et votre assurance ne défaille point. Il nous est tous arrivé de tomber sur une personne désagréable ou menaçante, mais ce n'est pas ce souvenir que nous gardons en mémoire, mais plutôt ces personnes qui ont accepté de faire la prière du salut et qui sont devenues chrétiennes. Il pourra vous xarriver de sortir et de ne trouver qu'une seule personne réceptive mais ce sera LA personne que Dieu voulait toucher. Je veux vous raconter une histoire que j'avais lu un jour sur Internet. Un homme de Dieu avait l'habitude d'évangéliser avec sa fille. Un jour de pluie, le pasteur n'alla pas évangéliser mais sa petite fille insista pour le faire. Il la laissa aller. Il n'y avait personne dans les rues et la petite fille alla sonner à une résidence. La première fois, personne ne répondit. Quelques minutes plus tard, elle revint et sonna à nouveau, sans réponse. Après être partie quelques minutes, elle revint encore sonner une troisième fois et cette fois-ci, une dame ouvrit. La jeune fille lui partagea un pamphlet et parla de l'amour de Jésus et s'en alla. Le dimanche suivant, au culte, une dame se leva pour témoigner. Elle dit que le dimanche précédent, donc le jour pluvieux, elle avait prévu de se suicider. La corde était prête ainsi que la chaise. Quand elle s'apprêtait à monter, elle entendit une sonnerie de porte. Elle s'assit, se disant que la personne partirait si elle ne répondait pas. Quelques minutes plus tard, elle allait reprendre sa triste action quand on sonna encore. Elle décida encore de surseoir quelques minutes à son acte. Cela se reproduisit encore à la 3e tentative. Elle résolut finalement d'aller voir qui était le visiteur insistant et fut en face de notre jeune évangéliste dont elle reçut les pamphlets. Cette rencontre l'amena à renoncer à son acte et à se présenter à l'église. Quelle leçon! Ce jour, Dieu voulait la sauver elle. Il vous arrivera de ne pouvoir parler qu'à une seule personne mais quand vous interrogerez le Saint-Esprit en vous, Il vous donnera la Paix car la mission est accomplie. Alors, ne perdez pas votre assurance!

7.4. Le témoignage personnel

Votre premier atout d'évangélisation est votre témoignage personnel. Les gens veulent voir et savoir ce que Dieu a fait dans votre vie. C'est concret et ils se diront: si Jésus l'a fait pour lui, il peut aussi le faire pour moi. Ne minimisez pas ce que vous avez vécu avec le Christ. Certains se disent "Moi je n'ai pas de grand témoignage comme une guérison donc je ne parle pas de mon témoignage". Si c'est votre cas, repoussez cette pensée car tout témoignage peut être utilisé pour gagner des âmes. Si vous avez Sa Paix, c'est un témoignage! Si vous avez Sa Joie, c'est un témoignage! Si vous avez l'assurance du salut, c'est un témoignage! Que s'est-il passé en vous depuis que vous êtes chrétien? Pensez-y bien!

Écrivez votre témoignage et utilisez les parties pertinentes lors de l'évangélisation. Ne l'enjolivez pas, mais exprimez votre reconnaissance à Dieu pour ce qu'il a fait! Soyez vrai et reconnaissant et vous verrez ce que Dieu en fera! Montrer à la personne en face que vous comprenez ce qu'elle traverse parce que vous ou un de vos proches avez vécu la même chose. La femme samaritaine a utilisé son témoignage pour aller évangéliser.

Jean 4: 28a29 28 Alors la femme, ayant laissé sa cruche, s'en alla dans la ville, et dit aux gens : 29 **Venez voir un homme qui m'a dit tout ce que j'ai fait ; ne serait-ce point le Christ** *?*

7.5. L'onction

De tout temps et en toute circonstance, un homme ou une femme oint(e) puissamment par Dieu attire l'attention, ce qui permet d'avoir une meilleure réceptivité du peuple. L'onction permet entre autres des miracles, des paroles de connaissance, une force de persuasion qui amène les cœurs les plus endurcis à s'ouvrir au message de l'évangile.

Luc 10:19 19 Voici, je vous ai donné le pouvoir de marcher sur les serpents et les scorpions, et sur toute la puissance de l'ennemi ; et rien ne pourra vous nuire.

L'onction peut aussi te donner un revêtement spirituel qui va simplement forcer le respect. Devant les personnes que vous évangélisez, Dieu confirmera sa parole par des miracles, des guérisons et vous donnera une sensibilité au Saint-Esprit pour prononcer les paroles appropriées.

Actes 4: 29-30 *Et maintenant, Seigneur, vois leurs menaces, et donne à tes serviteurs d'annoncer ta parole avec une pleine assurance, 30 en étendant ta main, pour qu'il se fasse des guérisons, des miracles et des prodiges, par le nom de ton saint serviteur Jésus.*

7.6. La puissance de l'amour

Quand vous aimez quelqu'un, cela se ressent dans vos paroles, votre timbre de voix, vos actions. Pour une évangélisation efficace, il est très important de demander à Dieu de vous donner d'aimer les gens à qui vous allez parler. Je crois que même Jean-Baptiste, qui était "dur" en indiquant aux gens de se repentir, le faisait par amour des gens et pour ne pas les voir aller en enfer. Malheureusement, certaines personnes s'appuient sur ce modèle pour plutôt donner des paroles d'accusation et de condamnation là où Dieu veut amener à la repentance en mettant la lumière sur les péchés des gens.

Si votre évangélisation est remplie d'amour pour les gens, notamment l'amour en largeur, qui aime beaucoup de gens de races et d'origine diverses, et l'amour en profondeur, qui va comprendre la cause profonde des enjeux des personnes, vous aurez plus de fruits lorsque vous parlerez car les gens sont plus réceptifs à des interlocuteurs qui les aiment. Particulièrement, si vous êtes immigrant dans un pays, demandez à Dieu d'apprendre à aimer sincèrement les populations autochtones.

7.7. La Joie et la Paix du Seigneur

Après l'amour, les deux fruits de l'Esprit important que vous devez manifester, c'est la Joie et la Paix. La bible nous dit que la Joie de l'Éternel est une force (Ésaie 30:15). Or, les gens sont toujours attirés et réceptifs lorsque des gens "forts" s'adressent à eux. En plus, lorsque vous abordez une âme que vous voulez gagnez, une attitude joyeuse permet de créer plus facilement le contact. Dans plusieurs cas, le fait que nous soyons en train de chanter ou avec de larges sourires a entraîné plusieurs personnes à s'arrêter et à nous parler. Imaginez vous-même quelqu'un a la mine serrée qui vous aborde. Seriez-vous intéressé à lui répondre?

La Paix, quant à elle, est la réponse aux nombreux enjeux mentaux que vit le monde, particulièrement la société occidentale. La Paix de Dieu répond à la dépression, à la solitude, à la confusion, au désir de suicide, au stress et autres... La Paix de Dieu contient le repos, le bien-être, la quiétude, l'harmonie et bien d'autres caractéristiques.

Jésus nous dit que lorsque nous rentrons dans une maison, si nous trouvons un enfant de Paix, que notre Paix repose sur Lui. Il est particulier de constater que Jésus ne nous demande pas de l'annoncer d'abord, mais d'annoncer la Paix en premier. *Luc 10 5 Dans quelque maison que vous entriez, dites d'abord: Que la paix soit sur cette maison! 6 Et s'il se trouve là un enfant de paix, votre paix reposera sur lui; sinon, elle reviendra à vous.* La Paix de Dieu est donc ce que vous devez annoncer en premier dans l'environnement où vous allez évangéliser afin que les gens ne soient pas perturbés par d'autres influences pendant que vous leur parler.

Pour annoncer la Paix de Dieu, il faut soi-même la vivre. La bonne nouvelle, c'est que vous l'avez déjà.

Jean 14:27 *Je vous laisse la paix, je vous donne ma paix. Je ne vous donne pas comme le monde donne. Que votre coeur ne se trouble point, et ne s'alarme point.*

Demandez donc à Dieu de la manifester et déclarez-la dans vos prières. Vos interlocuteurs ressentiront que vous avez quelque chose qui les apaise et voudront connaître la source de votre PAIX. Ce sera l'occasion de leur parler de Jésus.

7.8. L'odeur spirituelle

Exode 30: 34 L'Éternel dit à Moïse : Prends des aromates, du stacté, de l'ongle odorant, du galbanum,

et de l'encens pur, en parties égales. 35 Tu feras avec cela un parfum composé selon l'art du parfumeur ; il sera salé, pur et saint. 36 Tu le réduiras en poudre, et tu le mettras devant le témoignage (arche du témoignage), dans la tente d'assignation, où je me rencontrerai avec toi. Ce sera pour vous une chose très sainte.
Ex 40:5 Tu placeras l'autel d'or pour le parfum devant l'arche du témoignage, et tu mettras le rideau à l'entrée du tabernacle.

Dans les deux passages ci-haut, on voit que devant l'arche du **témoignage** qui se trouvait dans le lieu Très Saint du temple, devait être placé du parfum. Or, nous avons vu que le témoignage est un élément important de l'évangélisation car nous devons témoigner de Christ. Le témoignage s'allie donc à un parfum spirituel concocté de façon assez particulière. Cela nous montre qu'il y a une forme d'odeur spirituelle qui nous accompagne dans notre vie de tous les jours et surtout quand on veut gagner des âmes.

Ce parfum va déterminer ce que les gens ressentent à notre approche. Imaginez quelqu'un qui vous approche avec de belles paroles mais qui a marché dans des excréments de chien. Vous ne resterez certainement pas trop longtemps en sa présence!

Trois éléments influencent notre odeur spirituelle:

- L'état de l'âme. De façon physique, la sueur que nous produisons aura une odeur plus ou moins forte selon nos hormones, donc la composition de notre sang. Or l'âme étant dans le sang, une âme malade aura aussi des répercussions spirituelles, notamment en termes d'odeur spirituelle. Il est donc important que les évangélistes se fassent traiter l'âme pour que son état n'entrave pas leurs actions. Il faut demander au Sang de Jésus de venir purifier nos âmes.
- Les démons ou la vie de péchés. Ces éléments sont associés à de la puanteur ***Ecclésiaste 10:1*** *Les mouches mortes infectent et font fermenter l'huile du parfumeur; un peu de folie l'emporte sur la sagesse et sur*

la gloire.

Être sous l'influence de démon ou vivre une vie de péchés sont extrêmement nocifs pour l'évangélisation. Si vous êtes dans ce cas, repentez-vous et demandez de l'aide à vos pasteurs.

- La vie de prière et les paroles. La bible associe les parfums aux prières des saints

Apocalypse 5: 8 Quand il eut pris le livre, les quatre êtres vivants et les vingt-quatre vieillards se prosternèrent devant l'agneau, tenant chacun une harpe et des coupes d'or remplies de parfums, qui sont les prières des saints.

Une vie de prière régulière est un élément qui vous donne une bonne odeur spirituelle. Notez que les paroles que vous prononcez couramment ont une influence. Si vos paroles sont souvent pessimistes ou remplies de peur, vous dégagerez une odeur de défaite. Si vos paroles contre les gens sont souvent acerbes, vous dégagerez une odeur de dureté, là où c'est la douceur de Christ qui doit être manifestée.

8. Évangélisation semences et moisson

En 2019, le Seigneur a révélé au pasteur Mohammed un changement dans la méthode d'évangélisation car l'église rentrait dans une nouvelle saison. Ainsi, au cours d'une formation, il a présenté deux formes d'évangélisation qu'il est important de distinguer: l'évangélisation semence et l'évangélisation moisson. Selon la saison spirituelle ou selon le territoire, vous devrez appliquer l'une ou l'autre des approches. Imaginez un cultivateur qui sort avec un panier pour ramasser la récolte alors que personne n'a semé. Imaginez aussi un autre cultivateur qui sort répandre de la semence alors que c'est la saison de la moisson. Vous me direz que ces deux cultivateurs ont manqué de discernement par rapport aux champs sur lesquels ils travaillent. Regardons un peu plus en détail ces deux approches.

8.1. L'évangélisation semence

L'évangélisation semence consiste à témoigner publiquement de Jésus pour qu'il y ait repentance et pour semer des graines dans l'esprit des personnes qui vous entendent. L'espérance est que cette semence, additionnée au travail d'autres évangélistes et aux circonstances de la vie, amène la personne évangélisée à faire un pas vers le Seigneur. C'est le cas par exemple de personnes qui se mettent à l'entrée des métros et qui annoncent à haute voix l'évangile. En règle générale, la majorité des conversions liées au mode semence se font à posteriori, même s'il n'est pas rare de voir des conversions en mode semence.

8.2. L'évangélisation moisson

En mode moisson, l'objectif devient différent. Oui nous sortons pour des conversions, mais nous allons plus loin. Rappelez-vous que Jésus nous a demandé de faire des disciples et ces disciples sont formés dans l'église. Le mode moisson a donc pour but principal d'amener les gens à venir dans les églises. Les évangélistes doivent s'armer de stratégies permettant d'inviter les personnes dans les églises. De ce fait, en mode moisson, l'approche 1-on-1 est privilégiée, avec des suivis personnalisés.

8.3. Anagkazo: Une autre forme de moisson

Anagkazo veut dire "contraindre quelqu'un à faire quelque chose". On en trouve une explication dans le passage suivant du livre de Luc:

***Luc 14: 15** Un de ceux qui étaient à table, après avoir entendu ces paroles, dit à Jésus : Heureux celui qui prendra son repas dans le royaume de Dieu ! 16 Et Jésus lui répondit : Un homme donna un grand souper, et il invita beaucoup de gens. 17 A l'heure du souper, il envoya son serviteur dire aux conviés : Venez, car tout est déjà prêt. 18 Mais tous unanimement se mirent à s'excuser. Le premier lui dit : J'ai acheté un champ, et je suis obligé d'aller le voir; excuse-moi, je te prie. 19 Un autre dit : J'ai acheté cinq paires de bœufs, et je vais les essayer; excuse-moi, je te prie. 20 Un autre dit : Je viens de me* *marier, et c'est pourquoi je ne puis aller. 21 Le serviteur, de retour, rapporta ces choses à son maître. Alors le maître de la maison irrité dit à son serviteur : Va promptement dans les places et dans les rues de la ville, et amène ici les pauvres, les estropiés, les aveugles et les boiteux. 22 Le serviteur dit : Maître, ce que tu as ordonné a été fait, et il y a encore de la place. 23 Et le maître dit au serviteur : Va dans les chemins et le long des haies, et ceux que tu trouveras, contrains-les d'entrer, afin que ma maison soit remplie. 24 Car, je vous le dis, aucun de ces hommes qui avaient été invités ne goûtera de mon souper.*

On voit dans ce passage que les invités initiaux du festin refusent de se rendre à la réception sous différents prétextes, préférant privilégier leurs propres intérêts. Ce sont toutes ces personnes exposées à l'évangile mais qui refusent de répondre à l'invitation de Jésus-Christ. Ensuite, le maître de la maison envoie promptement ses serviteurs vers une première catégorie de personnes qui n'étaient pas initialement conviés. Ce sont les pauvres, les estropiés, les aveugles et les boiteux. Puis le maître ordonne à ses serviteurs d'aller cette fois-ci le long du chemin et le long des haies pour contraindre tous ceux qu'ils trouveraient à venir à la réception.

Cette réception, c'est la participation des enfants de Dieu à la grande fête préparée d'avance pour nous. Nous retenons qu'il y a une étape de l'évangélisation où nous devons tout mettre en œuvre pour amener les gens à la grande fête de Christ. A cette étape, tous les moyens sont bons: rappeler constamment le sujet, relancer l'invitation chaque semaine, ne pas avoir honte, être insistant, rappeler les bienfaits de participer aux réunions de l'église. Notez que dans l'évangélisation moisson, il faut s'assurer d'avoir une bonne connexion avec des églises locales qui sont efficaces et ancrées dans la parole afin d'y rediriger la moisson.

Voyons maintenant 8 caractéristiques de l'évangélisation ANAGKAZO qui sont autant physiques que spirituelles:

1. **Allez promptement**: cette évangélisation se fait

avec hardiesse et zèle, dans un sentiment d'urgence car Jésus revient bientôt et le Saint-Esprit donne une indication particulière pour la mener. J'encourage les leaders et les fidèles à s'y engager résolument.

2. Dans les places et les rues de la ville: il est recommandé de sortir et d'aller dans les zones de circulation abondante. De nos jours, les réseaux sociaux sont aussi des zones où on peut toucher un grand nombre de personnes. Contrairement aux premiers invités qui étaient sélectionnés, il s'agit ici d'une invitation de masse à laquelle seront acceptés tous ceux qui sont réceptifs.

3. Les pauvres: Dieu se manifeste particulièrement au milieu des pauvres. Par expérience personnelle, j'ai toujours ressenti une action particulière des anges lorsque nous nous déployons pour faire du bien aux pauvres. Un des éléments qui déclenche la grande moisson est de prendre soin des pauvres et d'aller les chercher pour les amener dans la maison du Seigneur. Tous les ministères qui veulent croître devraient poser des actions dans ce sens. On peut aussi citer les pauvres en esprit, qui ont une certaine misère spirituelle vers qui on doit aussi aller.

4. Les estropiés: ce sont les personnes handicapées qui ont perdu un membre, particulièrement le pied. L'estropié est souvent immobile ou s'il se déplace, il le fait à l'aide d'un bâton ou de toute autre aide pour maintenir son équilibre. Il faut dire à ces personnes qu'en Jésus-Christ, nous sommes équilibrés intérieurement et extérieurement. Avec le Saint-Esprit, tout ce qui nous a été volé nous est restitué et nous pouvons avancer sereinement.

5. Les aveugles: il s'agit des personnes que le diable a aveuglé et qui sont dans l'obscurité spirituelle, ne sachant pas où aller et dépendant des directives des autres. À cause de cette cécité, ils ont été l'objet d'abus de faux prophètes. Ils ont l'air perdu dans leurs vies, ne sachant comment s'orienter. Face à ces personnes, il faut invoquer la lumière divine qui précède toute chose. Il faut leur mentionner que Jésus est le chemin à suivre et que nous sommes censés être les lumières du monde. Venir à Jésus les sortira de cet état d'aveuglement spirituel.

6. **Les boiteux**: ce sont les gens qui avancent dans leurs vies mais péniblement. Souvent, les personnes sont conscientes de la lenteur de leur progression mais dans certains cas, il faut ouvrir leurs yeux sur ce fait. Nous devons leur montrer que Jésus est la voie de normalisation et d'accélération divine.

7. **Les chemins le long des haies**: cette expression nous parle aussi dans un deuxième temps d'aller chercher les personnes qu'on cache. Par exemple des personnes malades cachées chez elles ou dans des hôpitaux. Que le Saint-Esprit nous donne la sagesse et l'onction pour aller chercher ces personnes.

8. **Contraindre (Anagkazo) à y entrer**: enfin, il y a un sentiment d'urgence que nous devons imposer. Il ne s'agit pas de réfléchir ou d'attendre quelques jours, l'impératif de se donner à Jésus est présent dans les temps que nous traversons. Toutes sortes de stratégies doivent être mises en place afin d'en sauver le plus grand nombre…

Notez que dans les temps où nous sommes,

l'évangélisation moisson doit être privilégiée.

8.4. Comparaison des types d'évangélisation

Le tableau suivant résume les différences principales des 2 approches:

Catégorie	Semence	Moisson
Actions de l'église	Sortie d'évangélisation	Sortie et action d'invitation massive à l'église
Actions de l'église	Sortir / aller vers les nations	Faire rentrer les nations dans l'église
Gestion des âmes	Prêcher aux âmes	Gagner des âmes
Gestion des âmes	Faire des sauvés	Faire des disciples
Gestion des âmes	Être des témoins et former des enfants de Dieu	Former des Fils de Dieu
Prière	Prier pour être des témoins	Prier le maître de la moisson pour qu'il envoie des ouvriers

Prière	Prier pour disposer le coeurs	Priez pour appeler les âmes destinées à la bergerie Marc 1:17
Prière	Prier pour libérer les territoires des entités sataniques	Prier pour réclamer les premiers nés ex 13.2; 34.19
Prière	Prier pour lier l'homme fort	Prier contre ivraie/loup/faux prophètes; chercher la brebis égarée, retrouver la drachme perdue

9. Le combat spirituel

Évangéliser consiste à aller témoigner de Jésus-Christ à des âmes qui sont dans les ténèbres

Colossiens 1: 12 *Rendez grâces au Père, qui vous a rendus capables d'avoir part à l'héritage des saints dans la lumière, 13 qui nous a délivrés de la puissance des ténèbres et nous a transportés dans le royaume du Fils de son amour, 14 en qui nous avons la rédemption, la rémission des péchés.*

Puisqu'on parle de délivrance de la puissance des ténèbres, on évoque donc une bataille pour aller chercher les âmes sous domination et les amener à la liberté de Christ. Pour étayer cela, les disciples rapportent à Jésus la soumission des démons tandis que notre Seigneur évoque la chute du ciel de satan lui-même.

***Luc 10: 17** 17 Les soixante-dix revinrent avec joie, disant : Seigneur, les démons mêmes nous sont soumis en ton nom.*

18 Jésus leur dit : Je voyais Satan tomber du ciel comme un éclair. 19 Voici, je vous ai donné le pouvoir de marcher sur les serpents et les scorpions, et sur toute la puissance de l'ennemi ; et rien ne pourra vous nuire.

20 Cependant, ne vous réjouissez pas de ce que les esprits vous sont soumis ; mais réjouissez-vous de ce que vos noms sont écrits dans les cieux. 21 En ce moment même, Jésus tressaillit de joie par le Saint-Esprit, et il dit : Je te loue, Père, Seigneur du ciel et de la terre, de ce que tu as caché ces choses aux sages et aux intelligents, et de ce que tu les as révélées aux enfants. Oui, Père, je te loue de ce que tu l'as voulu ainsi.

L'évangélisation nous demande donc d'être spirituellement prêt et armé face aux ténèbres. Vous imaginez bien que si un drogué donne sa vie à Christ et sort de la drogue, le camp d'en face n'est pas content car ils viennent de perdre la mainmise sur une vie. Pour opérer et être victorieux dans ces combats spirituels, il faut savoir utiliser les 3 types d'onctions que Dieu nous a donné, à savoir l'onction de Sacrificateurs, l'onction Royale et l'onction Prophétique. L'onction de sacrificateur nous amène entre autres à évangéliser et à poser les actions liées au sacerdoce. L'onction royale nous donne de régner et de parler avec autorité aux puissances des ténèbres. Enfin, l'onction prophétique fera intervenir le surnaturel en plus de nous donner des paroles puissantes pour changer la vie des personnes rencontrées. Ces onctions sont déterminantes pour évangéliser.

Nous allons maintenant aborder quelques considérations pour nous mettre dans des conditions favorables en cas de combats spirituels.

.

9.1. Évangélisation personnelle et évangélisation de groupe

Vous pouvez évangéliser tout seul. Si vous n'avez pas de partenaires d'évangélisation mais que vous sentez le feu, allez-y, mais priez le Seigneur de vous donner des partenaires. En effet, le modèle laissé par Jésus-Christ est l'envoi deux à deux. À deux minimalement, vous priez l'un pour l'autre. Vous êtes aussi capable d'observer les personnes à qui vous parlez et d'être le backup de votre partenaire dans la façon d'aborder les personnes et les arguments à présenter. Enfin, et c'est la raison la plus importante, ensemble, nous sommes plus forts!

***Luc 10:1** 1 Après cela, le Seigneur désigna encore soixante-dix autres disciples, et il les envoya **deux à deux** devant lui dans toutes les villes et dans tous les lieux où lui-même devait aller.*

***Deut 32:30** 30 Comment un seul en poursuivrait-il mille, Et deux en mettraient-ils dix mille en fuite, Si* *leur Rocher ne les avait vendus, Si l'Éternel ne les avait livrés ?*

9.2. Quels types d'esprit combattre?

Éphésiens 6.12 nous présente certaines catégories d'esprits du monde des ténèbres.

Eph 6:12 *12 Car nous n'avons pas à lutter contre la chair et le sang, mais contre les **dominations**, contre les **autorités**, contre les **princes** de ce monde de ténèbres, contre les e**sprits méchants** dans les lieux célestes.*

Parmi ces esprits, dans le cadre de l'évangélisation, nous devons principalement combattre les autorités car ce sont elles qui contrôlent les croyances dans une zone donnée. En les combattant spirituellement, on rend la zone plus favorable à la pénétration de l'évangile.

Nous devons aussi combattre les démons qui possèdent les corps et rendent malades. On peut aussi orienter sa prière en fonction de ce qu'on sait des dominations de la zone car ce sont elles qui très souvent impriment des caractères négatifs dans une région donnée.

Au final, retenez que le Saint-Esprit vous guidera dans le combat spirituel en vous révélant quelle entité attaquer.

9.3. Les actions prophétiques

Les actions prophétiques sont des actions spécifiques inspirées du Saint-Esprit que vous devez poser dans certaines régions ou villes avant d'y évangéliser. Un des exemples bibliques les plus connus est celui de la forteresse de Jéricho.

Josué 6: 1-5 *1 Jéricho était fermée et barricadée devant les enfants d'Israël. Personne ne sortait, et personne n'entrait.*
2 L'Éternel dit à Josué : Vois, je livre entre tes mains Jéricho et son roi, ses vaillants soldats. ***3 Faites le tour de la ville, vous tous les hommes de guerre, faites une fois le tour de la ville. Tu feras ainsi pendant six jours. 4 Sept sacrificateurs porteront devant l'arche sept trompettes retentissantes ; le septième jour, vous ferez sept fois le tour de la ville ; et les sacrificateurs sonneront des***

trompettes. 5 Quand ils sonneront de la corne retentissante, quand vous entendrez le son de la trompette, tout le peuple poussera de grands cris. Alors la muraille de la ville s'écroulera, et le peuple montera, chacun devant soi.

Au lieu de tenter d'escalader les murs, le Seigneur demande au peuple de marcher 7 jours autour de la ville avec des instructions spécifiques. Si le peuple n'avait pas suivi ces instructions, ils auraient déployé une énergie extraordinaire pour essayer de venir à bout de cette muraille mais ils n'auraient pas eu gain de cause. De la même façon, le Seigneur peut vous demander de faire une marche prophétique, d'aller prier sur un monument spécifique ou de faire de la louange avant de débuter l'évangélisation afin de fragiliser les présences ténébreuses et vous donner plus de résultats. Il faut être sensible à l'instruction.

9.4. L'importance de la couverture spirituelle

Dans *Luc 10.18*, on voit que Jésus assurait une certaine présence, qu'on appellera ici couverture, pendant que ses disciples étaient en évangélisation.

Jésus a vu satan tomber du ciel. Il n'était pas physiquement avec ses disciples mais son esprit était sur le champ avec eux. De la même façon, vos leaders, bergers ou pasteurs doivent être informés de vos actions d'évangélisation pour pouvoir vous couvrir dans la prière et combattre avec vous.

10. Le parler en langue "universel"

Jésus nous dit que nous devons aller faire de toutes les nations (ethnos) des disciples.

*Math 28:19 19 Allez, faites de **toutes les nations** des disciples, les baptisant au nom du Père, du Fils et du Saint-Esprit, 20 et enseignez-leur à observer tout ce que je vous ai prescrit. Et voici, je suis avec vous tous les jours, jusqu'à la fin du monde.*

Un élément fondamental d'une nation est son langage (ainsi que la culture et le sentiment d'appartenance à un groupe). Après la Pentecôte, où il y a eu 3000 conversions, Dieu nous envoie le premier élément nécessaire à notre mission, les langues.

Actes 2 :1-11 1 Le jour de la Pentecôte, ils étaient

tous ensemble dans le même lieu. 2 Tout à coup il vint du ciel un bruit comme celui d'un vent impétueux, et il remplit toute la maison où ils étaient assis. 3 Des langues, semblables à des langues de feu, leur apparurent, séparées les unes des autres, et se posèrent sur chacun d'eux. 4 Et ils furent tous remplis du Saint-Esprit, et se mirent à parler en d'autres langues, selon que l'Esprit leur donnait de s'exprimer. 5 Or, il y avait en séjour à Jérusalem des Juifs, hommes pieux, de toutes les nations qui sont sous le ciel. 6 Au bruit qui eut lieu, la multitude accourut, et elle fut confondue parce que chacun les entendait parler dans sa propre langue.

7 Ils étaient tous dans l'étonnement et la surprise, et ils se disaient les uns aux autres : Voici, ces gens qui parlent ne sont-ils pas tous Galiléens ? 8 **Et comment les entendons-nous dans notre propre langue à chacun, dans notre langue maternelle** *? 9 Parthes, Mèdes, Élamites, ceux qui habitent la Mésopotamie, la Judée, la Cappadoce, le Pont, l'Asie, 10 la Phrygie, la Pamphylie, l'Égypte, le territoire de la Libye voisine de Cyrène, et ceux qui sont venus de*

Rome, Juifs et prosélytes, 11 Crétois et Arabes, comment les entendons-nous parler dans nos langues des merveilles de Dieu ?

Pour atteindre les ethnos, il nous faut parler leurs langues mais il faut que les personnes comprennent ce que nous disons. Dans *Actes 2:11 Crétois et Arabes, comment les entendons-nous parler dans nos langues des merveilles de Dieu,* le verbe "Entendons" utilisé est *akouo* (grec) dont les significations sont

    considérer ce qui est ou a été dit

    comprendre, percevoir le sens de ce qui est dit

Alors il s'agit non seulement d'une langue entendue, mais comprise et considérée. Or quand on évangélise, c'est ce qu'on veut: être entendu, compris et que nos paroles soient considérées. Il y a donc un aspect spirituel avant même l'évangélisation de Pierre, c'est que Dieu équipe les disciples du parler en langue.

Alors le parler de langue a différentes fonctions dont:

- Nous donner un langage spirituel pour

l'évangélisation (1er rôle identifié)
- Nous édifier et nous fortifier « *Celui qui parle en langue s'édifie lui-même* » *(1 Corinthiens, 14: 4)*
- Intercéder (soupirs inexprimables) « *De même aussi l'Esprit nous aide dans notre faiblesse, car nous ne savons pas ce qu'il nous convient de demander dans nos prières. Mais l'Esprit lui-même prie pour nous par des soupirs inexprimables; et celui qui sonde les cœurs connaît quelle est la pensée de l'Esprit, parce que c'est selon Dieu qu'il prie en faveur des saints.* » *(Romains 8 : 26)*

Dans la manifestation du parler en langue, le Saint-Esprit peut opérer de diverses façons. Il peut vous donner par exemple de parler une langue terrestre qui vous est inconnue.

Au-delà d'une langue, il y a des codes qui permettent d'impacter plus facilement un groupe ou une personne. **Il faut envoyer des ondes spirituelles que chaque personne capte. Et nos paroles**

doivent trouver la fréquence spirituelle des cœurs. Le Saint-Esprit doit nous inspirer les paroles qui vont toucher les cœurs de l'ethnos ou de la personne devant nous.

En préparatif aux évangélisations, il faut beaucoup parler en langue et demander que le Seigneur nous donne le langage qui touche les cœurs et qu'il dispose ces derniers à entendre Christ au travers de nous.

Pour être plus efficace, vous devez appeler les âmes à Christ. Ces appels sont plus efficaces lorsque vous le faites dans les prières de nuit. Il faut aussi beaucoup **parler en langues la nuit pour que ces âmes reconnaissent que le Christ que nous présentons peut répondre à leurs besoins.**

Par ailleurs, pendant toute la durée de l'évangélisation, affectez une équipe à prier discrètement en langue. Enfin, notez que la musique est un langage universel et vous devriez donc, si possible, avoir une équipe d'adoration pendant l'évangélisation ou faire jouer de la musique.

***

Nous venons d'achever le bloc 2 sur les catalyseurs de l'évangélisation. Place aux aspects pratiques!

BLOC 3:
Vidéos et aspects pratiques

11. Capsules vidéos

Ce chapitre a pour but de vous donner des liens de capsules vidéo que nous avons réalisée pour inciter et former à l'évangélisation.

11.1. Mois de l'Évangélisation

Le mois de l'évangélisation a été organisé par Messages de Vie Canada pour traiter la thématique de l'évangélisation au travers de plusieurs émissions et publications ainsi que des sorties sur le terrain.

Thème : Caractère de Christ et puissance du Saint-Esprit.

https://www.facebook.com/197798846956714/videos/298420924345540

Thème : Prier pour les âmes

https://www.facebook.com/197798846956714/videos/570151426760684

Thème : Les aspects pratiques de la Mission

https://www.facebook.com/197798846956714/videos/330062151122192

11.2. Émission: Comment susciter le réveil au Canada?

Partie 1 :

https://www.facebook.com/197798846956714/videos/449646845440556

Partie 2

https://www.facebook.com/197798846956714/videos/737009246658664

Partie 3 :

https://www.facebook.com/197798846956714/videos/2178665815785051

12. L'arsenal de l'évangélisation

L'objectif de cette section est de vous fournir des éléments concrets et pratiques que vous pourrez utiliser dans vos activités d'évangélisation. Nous croyons que l'évangélisation est avant tout un élément spirituel, mais que la connaissance de certaines vérités nous aide à obtenir plus de fruits.

Nous nous basons sur un livre écrit par le pasteur Mohammed Sanogo dont le titre est "J'ai donné ma vie à Dieu, que dois-je faire?". Ce livre, que je vous recommande très fortement, vise à la base les nouveaux convertis et se décline en 3 sections:

- Section 1: **8 vérités pour l'évangélisation**
- Section 2: **9 choses à faire**
- Section 3: **3 mises en garde**

Bien qu'étant destinés aux nouveaux convertis, le livre peut être abordé sous 3 angles:
- Le nouveau converti (et même celui qui veut revoir ses bases)

- L'évangéliste qui travaille à convertir des gens.
- L'église qui va recevoir les nouveaux convertis et les amener à mûrir

Dans cette section, nous aborderons l'angle de l'évangéliste. En effet, l'évangéliste doit maîtriser ce livre pour les raisons suivantes:
- être capable de **guider le nouveau converti** dans ses premiers pas
- **répondre aux questions de base** des nouveaux convertis
- **discerner les besoins profonds** des personnes qu'on aborde. À cet effet, en analysant le livre du pasteur Mohammed, on arrive à dégager des besoins et des techniques d'approches. Cette section s'attardera sur ce volet.

Nous nous focaliserons sur les 8 vérités du livre pour développer notre arsenal d'évangélisation.

12.1. Vérité 1: Dieu vous aime, vous devez en être conscient

Jean 3.16 *16 Car Dieu a tant aimé le monde qu'il a donné son Fils unique, afin que quiconque croit en lui ne périsse point, mais qu'il ait la vie éternelle.*

Rom 5:6-8 *6 Car, lorsque nous étions encore sans force, Christ, au temps marqué, est mort pour des impies. 7 À peine mourrait-on pour un juste ; quelqu'un peut-être mourrait-il pour un homme de bien. 8 Mais Dieu prouve son amour envers nous, en ce que, lorsque nous étions encore des pécheurs, Christ est mort pour nous.*

Jean 15:13 *13 Il n'y a pas de plus grand amour que de donner sa vie pour ses amis.*

Nous nous appuierons sur chacune des 8 vérités pour identifier certains besoins essentiels des personnes que nous approchons en évangélisation. Cela nous permettra de proposer une **approche d'évangélisation associée à nos constats**.

Besoins identifiés et approches

12.1.1. Besoin général d'amour du monde

Jean 3.16 dit *"Car Dieu a tant **aimé** le monde qu'il a donné son Fils unique, afin que quiconque croit en lui ne périsse point, mais qu'il ait la vie éternelle."* Cela nous laisse croire que le monde, avec toutes ses faiblesses, a besoin d'amour. Les gens autour de toi ont besoin de la manifestation de l'amour de Dieu au travers de Jésus-Christ.

Voici quelques aspects pratiques pour y répondre:
- Demander à Dieu plus d'amour dans notre cœur pour les personnes à évangéliser. Cela viendra par le Saint-Esprit. Romain 5.5
- Écouter les messages sur l'amour (Ex: 4 dimensions de l'amour du pasteur Sanogo) et manifester l'amour dans nos situations personnelles.
- Éviter d'avoir en bouche des paroles de jugements et d'accusations. Ce faisant, vous

pourriez avoir des pensées mal placées par rapport aux gens que vous évangélisez.
- Dégager du temps pour intercéder, supplier et "déomai" (prier, languir) pour les âmes. L'amour des âmes vous conduira dans une dimension de prières inégalées.
- Comprendre que beaucoup de mauvaises attitudes viennent du manque d'amour que les gens ont vécu

12.1.2. Se savoir aimé (conscience)

Les gens ne savent pas que Dieu les aime. Même ceux qui croient que Dieu existe peuvent ne pas avoir conscience de l'amour de Dieu (par méconnaissance de Dieu, à cause de leur vécu, par complexe d'infériorité ou autre…).

Quand j'avais environ 13 ans, un très jeune chrétien, membre de ma famille, était passé à la maison et, au détour d'une conversation, alors qu'on attendait son bus, il me dit: "Tu sais Désiré, Dieu t'aime". Cette phrase était tellement personnalisée que je ne l'ai jamais oubliée. C'est comme si, au-delà de l'amour "général" de Dieu pour tous les hommes, il me pointait particulièrement. Dès ce jour, j'ai su que j'avais une relation particulière avec Dieu et que son amour m'environnait. J'ai su et intégré que Dieu m'aimait. Même si je ne me suis pas tout de suite converti, cette phrase prononcée par cette personne qui m'évangélisait, est restée dans ma tête.

Voici quelques aspects pratiques que vous pouvez utiliser:
- Dire aux gens comment Dieu les aime
- Démontrer cet amour (exemple de Jésus qui s'offre en sacrifice)
- Donner des exemples de comment vous ressentez l'amour de Dieu et des avantages associés (Paix, Joie, Sécurité…)
- Montrer comment un père aime ses enfants malgré leurs erreurs et Dieu fait mieux que les pères terrestres.
- Montrer que Dieu aime tout le monde **Romains 2.11** *Car devant Dieu il n'y a point d'acception de personnes.*

- C'est un amour que rien dans le monde ne peut nous enlever *Rom 8: 28-39 38 Car j'ai l'assurance que ni la mort ni la vie, ni les anges ni les dominations, ni les choses présentes ni les choses à venir, ni les puissances, 39 ni la hauteur, ni la profondeur, ni aucune autre créature ne pourra nous séparer de l'amour de Dieu manifesté en Jésus-Christ notre Seigneur.*

12.1.3. Se sentir aimé

Il y a une légère différence entre se savoir aimé et se sentir aimé. Souvent dans les couples, il arrive que l'un des conjoints sache que l'autre l'aime (dans le fond) mais qu'il ne le ressente pas parce que l'autre conjoint n'arrive pas à exprimer son amour dans un langage qui touche son partenaire. Avec Dieu, ce n'est pas le cas, son amour nous envahit.

Pour ressentir l'amour de Dieu, faites comprendre qu'il faut:

- Accepter Jésus qui est la manifestation de l'amour de Dieu
- Laisser le Saint-Esprit agir en nous car c'est lui qui répand l'amour dans nos coeurs (*Romains 5.5*)

Vous pouvez aussi mentionner à la personne à qui vous parlez que le fait que Dieu vous ait envoyé vers elle est une preuve d'amour car Dieu aurait pu les laisser sans opportunité de le connaître.

12.2. Vérité 2: Le christianisme n'est pas une religion

Jésus n'a pas apporté et enseigné une religion, il a plutôt offert une famille et un royaume.

Jean 1: 12-13   12 Mais à tous ceux qui l'ont reçue, à ceux qui croient en son nom, elle a donné le pouvoir de devenir enfants de Dieu, lesquels sont nés, 13 non du sang, ni de la volonté de la chair, ni de la volonté de l'homme, mais de Dieu.

Besoins identifiés et approches

12.2.1. Mauvaise expérience ou appréhension de la religion

Plusieurs ont eu de mauvaises expériences ou une appréhension de la religion et en voici quelques raisons:
- Mauvaise expérience personnelle d'une religion
- Ce qu'ils ont entendu des religions
- La pensée générale négative véhiculée dans les médias
- La pensée que les religions profitent des personnes vulnérables
- L'image dégagée par les religions (sectaires, déconnectées des réalités contemporaines...)

Que faire?
- Insister sur la notion de relation avec Dieu plutôt que sur les règles
- Présenter Jésus comme un ami, présent avec nous, qui nous apporte paix et réconfort

- Présenter Dieu comme un père
- Montrer que tout homme a un vide à l'intérieur de lui qui a la forme de Dieu
- Ne pas rejeter le bon parce qu'il y a eu des faux
- Donner votre témoignage personnel de Dieu pour présenter ce qu'il vous a apporté
- Montrer que vous avez une vie tout à fait normale tout en étant chrétien

12.2.2. Se libérer du poids d'une religion

Vous pouvez rencontrer des personnes qui, bien qu'étant converties, vivent le poids de la religion. Leur vie chrétienne est un cauchemar et ces personnes se sentent emprisonnées, devant respecter un nombre incalculable de règles qui les étouffent. Quoi faire ?

- Leur expliquer ce qu'est une vraie relation avec Jésus, basée sur l'amour, la liberté et le pardon
- Parler des fruits de l'esprit et expliquer comment cela est important dans la vie chrétienne

- Les inviter à reconsidérer leur façon de vivre leur vie chrétienne

12.3. Vérité 3: Vous êtes né pour un but, pour accomplir un destin

Vous avez une mission à accomplir *Eph 2.10: 10 Car nous sommes son ouvrage, ayant été créés en Jésus-Christ pour de bonnes œuvres, que Dieu a préparées d'avance, afin que nous les pratiquions.*

Vous avez une destinée divine, qui peut différer de votre destinée humaine. **Jérémie 1:4-5** *4 La parole de l'Éternel me fut adressée, en ces mots : 5 Avant que je t'eusse formé dans le ventre de ta mère, je te connaissais, et avant que tu fusses sorti de son sein, je t'avais consacré, je t'avais établi prophète des nations.*

C'est en Christ que cette destinée s'accomplit.

Besoins identifiés et approches

12.3.1. Valorisation

Vous rencontrerez beaucoup de gens qui ont un enjeu de valorisation personnelle. La vie, les parents, les moqueries ou certaines situations les ont amenés à se dévaloriser et à avoir une image négative d'eux même. Cette mauvaise estime de soi peut souvent être inconsciente. Cependant les impacts sont majeurs (peur, limitation mentale, manque d'assurance, manque de vision...)

Que faire face à de telles personnes:
- Leur dire ce que vous voyez en eux (des champions à cause de Christ, ...)
- Les encourager
- Leur montrer que Jésus dont la valeur est inestimable a payé de sa vie pour leur salut, ce qui fait d'eux des personnes inestimables.

12.3.2. Tu dois avoir un impact et atteindre ton objectif

- Rappeler que la personne est sur terre pour un but, pas pour accompagner les autres

- Faire comprendre que la création (ses proches, son environnement) attend sa révélation
- Dieu nous demandera des comptes, donc il faut travailler pour atteindre les objectifs qu'Il nous a fixés.

12.3.3. Découvrir et marcher dans sa destinée

Plusieurs personnes ne savent pas ce qu'elles sont destinées à faire. Cependant, vu que Dieu est leur créateur, il est aussi celui qui connaît la mission qui leur est confiée. Il leur faut donc se rapprocher de Jésus qui est le chemin, la vérité et la vie (Jean 14:6) pour trouver leur destinée et y marcher.

Cette démarche ne sera efficace qu'à partir du moment où la personne se sera convertie à Jésus.

12.4. Vérité 4: Découvrez la bible, le guide qui vous mène vers votre destin

La parole de Dieu est le livre donné pour vous guider vers votre destin. Lui seul connait la mission qu'il vous a confiée et sa parole vous éclaire.

2 Tim 3.16 16 Toute écriture est inspirée de Dieu, et utile pour enseigner, pour convaincre, pour corriger, pour instruire dans la justice,

Ce livre ne doit pas s'éloigner de nous (Josué 1:8). Sa méditation régulière donnera du succès.

Besoins identifiés et approches

12.4.1. Rôle et utilité de la bible

Peut-être que vous ne parlerez pas directement de la bible en tant que livre face à certaines personnes mais vous parlerez de ce qu'enseigne la bible. La bible parle de Jésus, depuis les prophéties jusqu'à son retour sur terre.

La bible contient aussi des recommandations pour les divers aspects de la vie courante. Comprendre la bible est un élément fondamental de l'épanouissement. C'est une boussole, un guide, un garde-fou. C'est une nourriture dont la compréhension nous fait du bien

12.4.2. Comprendre que la bible est la vérité

La bible est la parole de Dieu. Rien ne doit y être retranché. *Matthieu 5:18 Car, je vous le dis en vérité, tant que le ciel et la terre ne passeront point, il ne disparaîtra pas de la loi un seul **iota** ou un seul trait de lettre, jusqu'à ce que tout soit arrivé.*

Il est très important de connaître la vérité pour être affranchi (*Jean 8: 32*). Plusieurs personnes ayant manqué de connaissance ont péri. *Osée 4:6 Mon peuple périt faute de connaissance.*

12.4.3. Comprendre l'impact de la lecture de la bible sur la vie

A ce stade-ci, donnez vos témoignages de comment la bible a répondu à vos questions. La bible est une parole vivante. La vie et toutes les solutions dont nous avons besoin s'y trouvent.

Jean 1:4 *En elle était la vie.*

1 Pierre 1 *22 Ayant purifié vos âmes en obéissant à la vérité pour avoir un amour fraternel sincère, aimez-vous ardemment les uns les autres, de tout votre coeur, 23 puisque vous avez été régénérés, non par une semence corruptible, mais par une semence* *incorruptible, par la parole vivante et permanente de Dieu.*

12.5. Vérité 5: Le péché est l'ennemi de votre destin

Romain 3.23 Car tous ont péché et sont privés de la gloire de Dieu;

Comme nous l'a enseigné Pasteur Sanogo, « Péché » veut dire aussi manquer le but et donc nous éloigner de notre destin. Jésus délivre de tous les péchés et la méditation régulière de la parole nous affranchit.

Besoins identifiés et approches

12.5.1. Comprendre et illustrer le péché

Il est primordial pour notre vie chrétienne de connaître l'impact du péché sur nos vies. L'évangéliste doit être capable d'en illustrer l'impact sur la personne évangélisée, sur sa famille et sur son entourage

Vous devez démontrer les bénéfices de renoncer à tout péché et affirmer que si un homme a la volonté de s'en sortir, Jésus opèrera le miracle.

Voici l'exemple de quelqu'un qui renonce à la drogue:
- Meilleure santé
- Famille et emploi stable
- Économie d'argent
- Rentrer dans la destinée que Dieu a pour lui
- Avoir un impact sur son entourage et la société
- Diriger sa vie selon Dieu

12.5.2. Comprendre les moyens pour en sortir

Voici quelques éléments que vous pouvez aborder
- Avoir le désir
- Se repentir et accepter Jésus
- Demander la grâce et la force
- Être exposé à la parole
- Prier pour la personne. Attention à ne pas aborder certains aspects qui peuvent effrayer des non-convertis.

12.6. Vérité 6: Qui êtes-vous devenu? Connaissez votre véritable identité

Jésus ne pardonne pas juste nos fautes, il nous transforme. Nous devenons une nouvelle créature car Jésus nous donne un esprit nouveau.

Besoins identifiés et approches

12.6.1. Comprendre que le monde et diverses situations nous ont changé

Nos expériences et notre environnement nous ont changés. Nous ne sommes plus ce que Dieu veut que nous soyons. Plusieurs personnes ont été modelées négativement par le monde. Il faut les ramener, non pas à ce que le monde dit, mais à ce que Dieu dit.

Dans votre zone d'évangélisation, vous devez identifier les éléments qui ont écorchés l'identité des gens (pauvreté, incestes, guerres, malédictions…) afin de prier pour renverser leurs impacts mais aussi les utiliser dans l'évangélisation en présentant Jésus comme la solution face à ces maux.

12.6.2. Nous sommes ce que Dieu et nous-mêmes disons de nous, pas ce que le monde dit.

Que dit Dieu sur eux?
- Ils sont fils de Dieu et ont donc beaucoup de valeurs **Jean 1.12** *Mais à tous ceux qui l'ont acceptée, à ceux qui croient en son nom, elle a donné le droit de devenir enfants de Dieu,*
- Ils sont rois **Ap 5.10** *Tu as fait d'eux des rois et des prêtres pour notre Dieu, et ils régneront sur la terre.*
- Ils sont saints **Eph 2.19** *Ainsi donc, vous n'êtes plus des étrangers ni des résidents temporaires ; vous êtes au contraire concitoyens des saints, membres de la famille de Dieu.*
- Ce sont des champions **Rom 8.36** *Au contraire, en toutes ces choses nous sommes*

plus que vainqueurs par celui qui nous a aimés.

12.7. Vérité 7: Découvre ta libération en Christ

Vous devez faire comprendre aux gens qu'ils sont réellement libres, même s'il y a certains signes physiques qui peuvent laisser penser le contraire.
Jean 8:36 *Si donc le Fils vous affranchit, vous serez réellement libres*

Besoins identifiés et approches

12.7.1. Christ est venu nous réconcilier avec Dieu et nous racheter.

Vous rencontrerez plusieurs personnes qui sont sous des jougs (maladie, liens mystiques…). Souvent ces personnes sont restées tellement longtemps dans ces situations qu'elles croient que c'est tout ce à quoi elles sont destinées. Il nous revient de remettre en cause ces idées reçues et ce fatalisme en amenant la notion de rachat par Jésus Christ.

Il faut leur montrer qu'un avenir meilleur de liberté est possible en Christ. Vous devez les réveiller et leur demander d'ouvrir les yeux et d'accepter la solution de Christ.

12.7.2. Christ a tout vaincu, même la mort. Aucune situation ne lui est impossible.

Il faut présenter la victoire totale de Christ à la croix. Ayant vaincu la mort, aucun autre ennemi ne peut lui résister.

1 Corinthiens 15:20 *Mais maintenant, Christ est ressuscité des morts, il est les prémices de ceux qui sont morts.*

12.7.3. Christ vous fait rentrer dans son alliance et vous garantit sa victoire. Vous devenez cohéritier.

Christ rentre en alliance avec nous. Dans l'alliance, les alliés bénéficient des avantages de l'un et de l'autre. ***Hébreux 9:15*** *Voici pourquoi il est le* *médiateur d'une alliance nouvelle: sa mort est intervenue pour le rachat des transgressions commises sous la première alliance afin que ceux qui ont été appelés reçoivent l'héritage éternel promis.*

12.8. Vérité 8: En Christ, vous êtes plus fort que les sorciers, les démons, le diable

Christ a transmis son pouvoir à ceux qui s'identifient à Lui. ***Marc 16: 17*** *Voici les miracles qui accompagneront ceux qui auront cru: en mon nom, ils chasseront les démons; ils parleront de nouvelles langues;* ***18*** *ils saisiront des serpents; s'ils boivent quelque breuvage mortel, ils ne leur feront point de mal; ils imposeront les mains aux malades, et les malades, seront guéris.*

Luc 10 :19 *Voici, je vous ai donné le pouvoir de marcher sur les serpents et les scorpions, et sur toute la puissance de l'ennemi; et rien ne pourra vous nuire.*

Matthieu 10:8 Guérissez les malades, ressuscitez les morts, purifiez les lépreux, chassez les démons. Vous avez reçu gratuitement, donnez gratuitement!

Besoins identifiés et approches

12.8.1. Délivrance

Beaucoup de gens auront besoin de délivrance ou de guérison. Il faut être sensible à l'Esprit de Dieu. Nous avons le pouvoir de prier pour ces personnes en évangélisation. Certains ont des membres de leurs familles qui ont des besoins de délivrance. Il faut leur faire comprendre qu'en acceptant Christ, ils pourront faire une différence dans leurs familles.

12.8.2. Vous avez plus de puissance que tes ennemis

Cela vient simplement du fait que Christ leur transférera sa puissance, comme mentionné dans les versets plus haut.

12.8.3. Le nom de Jésus est au-dessus de tout nom

Tout genou fléchit en ce nom **Phil 2:10** *...9 C'est pourquoi aussi Dieu l'a souverainement élevé, et lui a donné le nom qui est au-dessus de tout nom, 10 afin qu'au nom de Jésus tout genou fléchisse dans les cieux, sur la terre et sous la terre, 11 et que toute langue confesse que Jésus-Christ est Seigneur, à la gloire de Dieu le Père.*

Vu que nous privilégions l'évangélisation moisson, vous tenterez toujours de positionner la nécessité de rejoindre une bonne église. Invitez-les à votre église ou recommandez-leur une bonne église.

13. Allez!

Au terme de ce parcours, vous êtes équipés pour "Aller" et réussir la grande mission que le Christ nous a confiée. Nous avons abordé plusieurs aspects de l'évangélisation en commençant par vous-même et votre relation avec Dieu. Je voudrais terminer par cette prière:

Père, *tu nous as demandé de faire des disciples. Que cela devienne ma quête! Donne-moi d'être alerte et d'avoir la sagesse et l'audace nécessaire pour parler de toi. Je comprends que c'est toi au travers de moi qui amène les gens à la conversion. Chaque semaine, donne-moi au moins une personne à qui je peux parler de toi. Merci de me guider en toute chose et je me réjouis d'avance des résultats.*

Made in the USA
Columbia, SC
21 August 2023